El Kat KARATEKA

y el Kata Club

*Beascoa

Papel certificado por el Forest Stewardship Council®

Primera edición: septiembre de 2022

© 2022, Sandra Sánchez
© 2022, Inés Masip, por la edición
© 2022, Penguin Random House Grupo Editorial, S. A. U.
Travessera de Gràcia, 47-49. 08021 Barcelona
© 2022, Juan Carlos Bonache, por las ilustraciones

Printed in Spain – Impreso en España

ISBN: 978-84-488-6238-1
Depósito legal: B-9.704-2022

Diseño y maquetación de Vanessa Cabrera

Impreso en Gómez Aparicio S.L.
Casarrubuelos (Madrid)

BE 6 2 3 8 1

SANDRA SÁNCHEZ

KAT KARATEKA
y el Kata Club

INÉS MASIP

Ilustraciones de
J. C. BONACHE

¡Esta soy yo!

Sí, sí. Aunque no os lo creáis, así estaba hace un par de meses. ¿Quién me iba a decir que todo iba a cambiar tanto en tan poco tiempo?

Soy Katerina Katosawa, pero prefiero que me llaméis Kat. Suena más duro, ¿no creéis? Sé lo que estáis pensando. Y no, no es verdad. No soy ni mona ni adorable. Puede que sea pequeña y un poco suave, pero eso no quiere decir nada.

Yo soy la gata más valiente de Zookinawa, mi ciudad. Aunque no lo parezca por la cara de miedo que tengo subida a ese árbol… Pero ya os lo he dicho: me llamo Kat, no «Yorika». Y para subir tan alto hay que tener los bigotes muy bien puestos. Quizá no fue muy inteligente, de acuerdo, pero valiente sí lo fue un rato.

¿Por qué lo hice? Pues porque quería demostrarles a mis compis de clase que podía ser más dura que ellos. Por eso mismo siempre he querido hacer kárate, porque no hay nadie más

valiente que

un karateka.

Ahora que formo parte
del Kata Club, el mejor club de
kárate del mundo, me paso todo el
día entrenando katas para poder vencer
a los pesados del Komodo Club y
volverme tan buena como los mejores
karatekas. Aunque si hay algo que he
aprendido del Kata Club es que, para
ser la mejor, no basta con ganar.

¿Queréis saber cómo llegué a ser una
karateka de verdad? Toma asiento,
porque aquí empieza la historia.

Personajes

Flamiko

La más divertida del Kata
Club, tiene un chiste para
todo. Es cinturón azul y se le
da genial hacer la figura de la
grulla. Y eso que es una flamenco…

Kameki

La karateka mejor vestida.
Su karategi cambia cada día de
color, pero siempre combina con
su cinturón amarillo. Es de pocas
palabras, y no por falta de lengua.

Goru

Grande, peludo y supercariñoso.
Es la demostración de que los

karatekas no atacan primero, pero sí son los primeros en abrazar. Un cinturón verde muy achuchable.

Pandori

Es un gran karateka de cinturón naranja, pero, antes, necesita comer. ¡Y mucho! Le gusta tanto el bambú que creo que lo come hasta en sueños.

Pukk

El pulga con el kiai más potente del mundo. Es el karateka más veterano del Kata Club. Es cinturón marrón y un tanto mandón, pero siempre tiene buenas ideas.

Maestra Kai

Es la mejor senséi del
mundo, porque es la senséi
del Kata Club. Nunca la oiréis
rugir ni la veréis arañar. ¿Cómo lo hará
para estar siempre tan tranquila?

Dan

Si los perros ya son pesados
de por sí, imagínate este, que
encima entrena en el Komodo
Club. Puf, insoportable. Qué ganas
tengo de ganarle en un combate…

Maestro Kum

Ese senséi da mucho miedo.
Siempre aparece en los
momentos más inesperados
y dice cosas muy misteriosas.
Del Komodo Club tenía que ser.

Kat

La prota y, también, la más novata. Quiero entrar en el Kata Club para que mis compis de clase nunca más digan «¡Oh, qué mona!», sino «¡Uau, qué karateka!».

¿No sabéis qué es el **karategi**, los **katas**, el **kiai** o en qué orden van los **colores de los cinturones**? Tranquis, la karateka **Sandra Sánchez** os lo explica todo en el glosario. ¡Está en las últimas páginas del libro!

Capítulo 1

El kata del pato mareado

Riiiiiiiiiiiiiiing.

Ese sábado por la mañana me levanté
de un salto. Y no porque el despertador
me diese un susto. Es que era un día
muy importante. ¿Por qué? Porque
iba a ir al mejor dojo del mundo a
pedir que me admitiesen.

¿Que cuál es el mejor dojo del mundo? ¡El Kata Club, claro! ¿No lo conocéis? ¿En serio? No sois de por aquí, ¿verdad?

Mirad, todos los pósteres que cuelgan de mi habitación, todos, son del Kata Club. Increíbles, ¿a que sí? Es uno de los dojos más antiguos y prestigiosos de Zookinawa. Todos los karatekas que entrenan ahí acaban convirtiéndose en leyendas. ¡Y pronto yo también iba a formar parte del club! Bueno, no era algo seguro, era lo que yo deseaba y esperaba que me dijesen que sí.

Lo más emocionante
de todo es que todavía no
se lo había contado nadie, ni siquiera
a mamá. Sí, sí, creo que sois de las
primeras personas que se enteran de
esta historia desde el principio. Es
que no sabía si mamá se lo iba a
tomar muy bien. Ella creía que, con
lo mona que soy, no podría hacerle
daño ni a una mosca. Y al final, todos
se burlaban de mí. ¡Hasta las mismas
moscas! Estaba cansada de eso y
había decidido que iba a convertirme
en alguien muy valiente que todos se

tomarían en serio. **¡Iba a ser la mejor karateka del mundo!**

Estaba distraída soñando despierta cuando me di cuenta de que estaba perdiendo el tiempo. ¡¿Eran las nueve y media?! ¿¡Ya!? El dojo abre a las diez en punto y no podía llegar tarde el primer día. Debía arreglarme rápido.

«Venga, Kat, piensa, piensa, piensa… Vale, desayuno un chándal con leche, me visto con mis cereales favoritos, cojo la casa y salgo de la bici. No, no es así. ¿Lo he dicho todo al revés?». Estaba tan nerviosa…

«Kat, respira, los karatekas de verdad mantienen la calma». Respiré hondo. «Vale, ya está. Desayunar cereales con leche, hecho. Ponerme mi chándal favorito, hecho. Coger la bici, hecho. Salir de casa…».

—¡Kat, cariño! ¿Adónde vas?

—Buenos días, mamá, voy a… ¡a dar un paseo en bici!

—¡Ah! ¡Qué bien! Espérame cinco minutos y te acompaño.

—¡No! Es que… Me muero de ganas de montar en bici; no puedo esperar ni cinco minutos. ¡Nos vemos luego!

—Menudas prisas…

Uf, de la que me libré. A mamá no le habría hecho ninguna gracia que le dijese que iba a hacer una prueba de kárate. Con la de veces que me

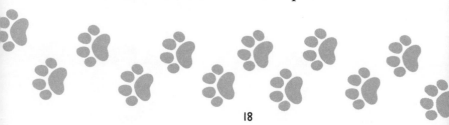

18

insistía en lo de apuntarme
a ballet, ¡solo le faltaba eso!
Cuando ya fuese una karateka
famosa, no me quedaría más remedio
que contárselo, pero para eso todavía
faltaba mucho tiempo.

«... Salir de casa, ¡hecho!».

Como el dojo está cerquita de mi
casa y además yo soy superbuena
montando en bici, en menos de cinco
minutos ya estaba delante de la
puerta.

«Y ahora, ¿qué?». No sabía qué
hacer. «Bueno, pues toco el timbre y

a ver si alguien me abre.
Vale, a la de tres toco
el timbre: una, dos y…
dos y medio y…».

Estaba a punto de
tocar cuando la puerta
se abrió. De repente, la senséi de mis
pósteres estaba frente a mí. Qué
fuerte: era ella. ¡Era de verdad!
¿Cuántos años tendría? Quizá cien o
más, pero como es karateka siempre
está igual de joven… La maestra Kai
se dobló en señal de saludo. Y yo hice
lo mismo, claro.

—Llegas justo a tiempo —dijo la maestra Kai.

—¿A tiempo de qué?

—Entra, por favor.

No entendí muy bien lo que quería decir, pero aun así entré con muchas ganas. La maestra Kai me pidió que me sentara con ella en el tatami.

—Dime, Kat, ¿por qué estás aquí? —dijo la senséi con toda la tranquilidad del mundo.

—¡¿Cómo es que sabe mi nombre?! —dije sorprendida. Sabía que la maestra Kai era una gran karateka, pero ¡no que también fuese adivina!

—Querida Kat, la observación es una de las mejores cualidades de una karateka y de cualquier persona. Y en tu mochila pone Kat. ¿No es así?

Cierto. Resultó que no era adivina.

—Dime, Kat, ¿por qué estás aquí? —repitió, igual de calmada que antes.

—Porque quiero aprender kárate.

—¿Por qué?

—Porque quiero ser karateka.

—¿Y por qué quieres ser karateka?

—Porque los karatekas nunca le tienen miedo a nada y siempre ganan, sobre todo si son del Kata Club… Y yo quiero ser igual de valiente que ellos y ganar muchos combates. ¿Sabe? Me gustaría ser la mejor karateka del mundo.

Justo cuando dije eso, oí una carcajada. Pero la maestra Kai no se estaba riendo, así que tenía que ser alguien que estuviese escondido.

—¡Pukk! ¿Estás ahí? —dijo la maestra.

—Lo siento, maestra Kai, no he podido evitar escuchar…

Por más que miraba, no conseguía ver a nadie. Entonces, la maestra Kai abrió la mano y en ella aterrizó una pulga vestida con su karategi y su cinturón marrón. La pulga se inclinó para saludarme.

—Kat, te presento a Pukk —dijo la maestra.

De repente, entraron al tatami una flamenco, una camaleón, un panda rojo y un gorila.

—Así que estabais todos ahí escondidos, ¿eh? Mira, Kat, estos son Flamiko, Kameki, Pandori y Goru. Ellos cinco son los actuales miembros del Kata Club.

—¡Encantada de conoceros! —dije, entusiasmada.

—Kat me estaba contando que quiere ser karateka —explicó la maestra Kai.

—¡Qué bien! ¿Y ya sabes algo de kárate? —preguntó Goru.

—Bueno, alguna cosa sí sé. Lo que he aprendido de los vídeos de internet.

—¿Ah, sí? Pues podrías enseñarnos lo que sabes, ¿no, maestra Kai? —dijo Pukk.

—Si a Kat le apetece, sí —dijo la maestra.

—¡Claro! —dije yo.

Y ni corta ni perezosa, me levanté

y me puse enfrente del Kata Club a hacer lo que sabía, que, la verdad, era casi nada. Estaba tan nerviosa que no me salió nada de lo que había practicado. Los golpes me salían torcidos, los gritos parecían más bien maullidos desafinados y, en cuanto quise dar una patada, me tropecé y me caí. Vaya desastre...

—Anda, Kat, ese kata no lo conozco. ¿Cuál es? ¿El del pato mareado? —dijo Flamiko. Todos se rieron. Todos menos la maestra Kai y yo.

—¿Qué significan esas risas? En el
tatami todos somos aprendices y las
burlas no son propias de los buenos
karatekas. Volved al vestuario y
reflexionad sobre lo que acabáis de
hacer.

—Sí, maestra Kai —contestaron todos los alumnos a la vez mientras se inclinaban para despedirse.

Me alegró que la maestra me defendiese. Era lo que cualquier buen karateka habría hecho. Lo que no me imaginaba era lo que me dijo justo después.

—Kat, ¿de verdad crees que el kárate va de ser valiente y ganar siempre?

—Sí, eso creo, maestra.

—Pues quizá no estés preparada

todavía para formar parte de este dojo. Cuando entiendas mejor el sentido del kárate, puedes volver. Gracias.

—Pero, entonces ¿no estoy dentro del Kata Club?

—Por ahora, no. Gracias por venir. Que tengas un buen día.

La maestra Kai se levantó y me acompañó hasta la puerta. No podía ser, el Kata Club me acababa de dar calabazas. ¿Qué iba a hacer entonces? ¿De verdad se iba a acabar tan rápido mi aventura como karateka?

Capítulo 2

Bola de pelo

Riiiiiiiiiiiiiiing.

El lunes por la mañana el despertador volvió a sonar como de costumbre. Pero esta vez, yo no tenía energías para salir de la cama de un salto. De hecho, salí casi arrastrándome.

Todavía no me explico cómo llegué al cole a tiempo, porque iba a paso de tortuga.

La verdad es que no era lo normal en mí. No es que el cole fuese mi sitio favorito del planeta, pero me solía gustar ir a clase. Lo que pasaba es que desde el sábado estaba

bastante triste. Muy triste. Profundamente triste. Tenía tantas ganas de entrar en el Kata Club que, cuando la maestra Kai me dijo que no me admitía, pensé que el corazón se me paraba.

Con la de vídeos que había visto en internet y la de libros y revistas que me había leído, no entendía que no estuviese preparada para ser karateka. Podría haberlo intentado en otros dojos, pero ¿para qué ser karateka si no era del Kata Club? Para mí, como el Kata Club, ninguno.

Me pasé toda la mañana del lunes pensando en lo que me dijo la maestra Kai. Si ser karateka no era lo que yo pensaba, ¿cuál era el sentido de serlo? Por fin, sonó la campana. Recogí mis cosas, me coloqué la mochila y empecé a caminar hacia la salida del cole, con más ganas que nunca de llegar a casa y meterme en la cama a escuchar música triste. Muy triste. Profundamente triste.

Pero, al final, tuve que cambiar de planes porque, justo antes de cruzar la puerta de salida, oí a mis espaldas: «¡Eh, mocoso, dame tu merienda!».

Ahí estaba, el mismo de siempre. Otra vez ese lobo de sexto metiéndose con un ratoncito de primero. ¿Otra vez? No, esa iba a ser la última. No sé de dónde saqué las fuerzas, pero, de repente, decidí que iba a parar esa injusticia. Respiré hondo y me fui a poner orden.

—¡Basta, lobo! ¡¿No te da vergüenza meterte con los pequeños?! Eso es de cobardes.

—¿Qué me has llamado, bola de pelo? Apártate ahora mismo o verás.

—No. Tú eres el que se va a ir

ahora mismo. Porque si no, probarás mis patadas de karateka.

Me puse en posición de defensa, preparada para lo que pudiese pasar. Pero el lobo no se puso a atacarme, sino a llorar de la risa.

—¿A probar qué? Ja, ja, ja, ja, ja, ja. Mira, haremos algo mejor.

El lobo me levantó del suelo con una sola mano, abrió la cremallera de mi mochila y cogió una fiambrera con nigiris de atún que mi madre había preparado esa mañana. ¡No! Los nigiris no…

—En vez de probar tus patadas de karateka, probaré tu merienda y mañana te digo si estaba buena. ¿Trato hecho?

—Vale, vale, pero déjame en el suelo.

Vaya, la idea era que el ratoncito recuperase su merienda, pero, en vez de eso, yo también me había quedado sin la mía… Otra derrota más para Kat. Quizá tenía razón la maestra y lo mío no era el kárate.

—¡Muchas gracias por defenderme! —dijo el ratoncito.

—No sé si te he ayudado mucho, pero de nada.

—Bueno, nadie antes lo había intentado, y menos una gata.

—Tranqui, lo hago encantada. Además, a mí me va más el sushi que los ratones.

El ratoncito se echó a reír. Al menos había conseguido que se le pasara el disgusto. Algo es algo.

—Un momento, déjame ver si tengo algo por aquí… —Miré en el fondo de la mochila para ver si mamá había metido algo más y…

¡bingo!—. Tengo estos snacks de bambú. Si quieres, podemos compartirlos.

—¡Oh, muchas gracias! —dijo el ratoncito, feliz.

—¡Snacks de bambú! ¿Me das a mí también?

—¡Pandori! ¿Qué haces tú aquí? —dije sorprendida.

Resulta que los miembros del Kata Club estaban por ahí y habían visto cómo me había enfrentado al lobo. Podrían haber venido a ayudar en vez de quedarse espiando, menudos son... Pero, bueno, lo importante no es eso, sino lo que me dijeron justo después:

—Kat, ayer no debería haber hecho esa broma. No estuvo bien que nos riésemos de ti —dijo Flamiko.

—Lo sentimos mucho... —dijo Kameki, que llevaba un karategi del mismo color que las baldosas del patio del cole.

—Sí, justo veníamos a pedirte perdón y hemos visto cómo has ayudado a ese ratoncito a sacarse de encima a Lupo. Ese se cree que por entrenar en el Komodo Club ya está por encima de los demás…

—¿Ese abusón está en el Komodo Club?

—Por desgracia sí —me respondió Pukk.

¿No os he contado qué es el Komodo Club? Es que no

tengo nada que decir. Al menos, nada bueno. Basta con que sepáis que todos los karatekas que entran en ese club se convierten en unos creídos con derecho a meterse con todo el mundo. Por eso no tengo ningún póster suyo en mi cuarto.

—En fin, ¡enhorabuena! —dijo Pukk.

—¿Enhorabuena? Pero si he perdido…

—No importa, Kat. Lo que cuenta es que lo has intentado. Y eso demuestra que tienes un gran corazón. Venga, ¡dame un abrazo! —Goru

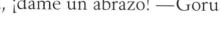

no había acabado de decir eso y ya estaba aplastándome entre sus brazotes.

—¿Todavía quieres entrar en el Kata Club? —preguntó Pukk.

—¡Pues claro que quiero! —exclamé. No tuve ni que pensármelo.

—Entonces, ven mañana al dojo a la salida del cole. Intentaremos convencer a la maestra Kai —dijo Flamiko.

—¡Sí! Y si no funciona, ¡la sobornaremos con comida! —dijo Pandori.

¡No lo podía creer! ¡Los actuales miembros del Kata Club me iban a ayudar a entrar en el Kata Club! Me pellizqué para comprobar que no era un sueño. Y no, ¡por lo visto era real! Solo faltaba esperar hasta la tarde del día siguiente… Puf, la espera se iba a hacer interminable.

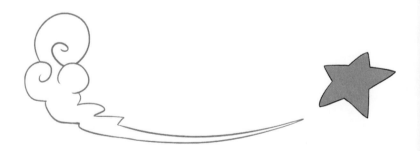

Capítulo 3

El corazón del karateka

La clase de matemáticas del martes se
me hizo larguísima. Que el profesor
fuese un oso perezoso no ayudaba
nada a que la hora pasase más rápido.
Pero es que, además, era la última

clase antes de salir del cole y reunirme

con los miembros del Kata Club. ¿Serían

capaces de convencer a la maestra Kai?

Cuando solo faltaba un minuto para

acabar la clase empecé la cuenta atrás.

Cuarenta segundos. Treinta. Veinte.

Diez. Cinco, cuatro, tres, dos, uno…

Y en cuanto sonó la campana, salí

disparada. Ese día había llevado la bici

al cole, así que

pedaleé con

todas mis

fuerzas y

llegué

¡RiiiNG!

al Kata Club en menos de un minuto. ¡Iba como una flecha!

Cuando llegué, estaba toda la pandilla esperándome fuera. Menos mal que esta vez no me iban a pedir que hiciera katas, porque con lo nerviosa que estaba, habría inventado el kata del flan.

—¡Ya estás aquí! ¡Qué puntual! —dijo Goru mientras se acercaba a abrazarme.

—Pues ahora que ya estamos todos, vamos a entrar. Kameki, por favor, toca el timbre —dijo Pukk.

Sin decir nada, Kameki se acercó a la puerta. Cambió el color de su karategi para que combinase con la decoración del dojo, y cuando estaba a punto de tocar la puerta se abrió. La maestra Kai era increíble. ¿Cómo lo haría para adivinar cuándo íbamos a llamar a la puerta?

—Llegáis justo a tiempo —dijo de nuevo la maestra.

—Hola, maestra Kai —dijeron todos al unísono mientras hacían la reverencia.

—Ejem, hola… —dije tímida.

—Hola, Kat. Entra, por favor.

Todos nos sentamos en el tatami formando una línea perfecta enfrente de la maestra Kai.

—Veo que tenéis algo que decirme —dijo la maestra.

—Sí. Es que ayer vimos a Kat defender a un ratoncito del abusón

del cole y creemos que podría

ser una buena karateka —dijo Pukk.

—Fue muy valiente —dijo Kameki.

—Y supo consolar al ratoncito —dijo

Goru.

—¡Hasta le hizo reír! —dijo Flamiko.

—No solo eso, sino que compartió

su comida. Yo no sé si hubiese sido

capaz… —dijo Pandori.

La maestra Kai escuchó todo lo

que decían sus alumnos con mucha

atención. Después me miró y dijo:

—¿Es cierto, Kat? ¿Ayudaste a

un niño más pequeño que tú?

—Sí, maestra.

—¿Y venciste al abusón?

Agaché la cabeza.

—No, maestra.

—Y sin embargo, todos mis alumnos creen que puedes ser buena. ¿Te das cuenta, Kat, de que en el kárate no solo importa ganar?

Quizá tenía razón la maestra Kai. Pero ¿qué podía haber más importante que ganar? La verdad es que todavía no lo tenía del todo claro.

—Kat, lo que hiciste ayer me hace pensar que dentro de ti puede haber

una gran karateka, pero todavía no estoy del todo segura… Te voy a dar una oportunidad. Te dejaré entrar en el Kata Club, pero para quedarte tendrás que demostrarme que posees el corazón del karateka.

—¿En serio? ¡¿Formo parte del Kata Club?! ¡¡¡Síííí!!! Lo prometo, maestra, se lo demostraré.

Entonces, la maestra Kat hizo una reverencia y se fue.

¡Qué fuerte! ¿No te parece increíble que entrara? Todos los miembros del Kata Club fuimos

juntos a comer un helado para celebrarlo.

—¡Ya estás dentro! Ahora solo tienes que descubrir si tienes el corazón del karateka —dijo Goru.

—Sí, ¡es genial! Pero, eso del corazón, ¿cómo se hace?

—Solo los karatekas de verdad lo descubren —dijo Pukk.

—Lo que quiere decir Pukk es que es difícil de explicar con palabras. Es algo que tienes que descubrir por ti misma —dijo Flamiko.

Me quedé en silencio, pensando

qué podría ser. Entonces, tuve una idea.

—¿Y no puede ser que tengas el corazón del karateka cuando te vuelves buenísimo haciendo katas?

—Bueno, está relacionado con eso, pero no es lo único —contestó Pukk.

—Entonces ¿tiene que ver con vencer a todos tus rivales?

—Hummm… no del todo… —dijo Goru.

—¡Ah, claro! ¡Deben de ser las dos cosas a la vez! Mejorar con los katas y ganar combates. Por eso la maestra Kai decía que no todo es ganar —dije yo convencidísima.

—Te estás dejando algo importante, pero puedes intentarlo si quieres —dijo Flamiko.

—Eso es lo que haré. Pero ¿cómo? —dije preocupada.

—Creo que tengo un plan —saltó Pukk.

Este era el plan: justo ese mismo día, el Komodo Club había anunciado que iba a celebrar un torneo de kárate en cuatro meses. Pero ¿sabíais

que para competir había que tener
como mínimo el cinturón amarillo?

Yo acababa de empezar, así que
por el momento solo tenía el

cinturón blanco. ¿Y adivináis cuándo era el examen para conseguir el cinturón amarillo? En cuatro meses. ¡Justo el mismo día del torneo! Para demostrar que tenía el corazón del karateka debía aprobar el examen del cinturón amarillo por la mañana y enfrentarme al Komodo Club por la tarde y ganar. O al menos, eso es lo que yo creía…

El plan sonaba muy bien, pero, claro, había un detallito de nada, que no tenía muy claro: ¡¿Cómo iba a estar preparada para conseguir todo eso en solo cuatro meses?! Aquello podía funcionar, pero también podía ser un absoluto desastre. Los entrenos del dojo no iban a ser suficientes para conseguir todo eso en tan poco tiempo. Todos empezamos a pensar en soluciones. Y después de darle muchas vueltas, Kameki nos dio la clave:

—Kat, entrenaremos contigo dentro y fuera del dojo. Si te esfuerzas de verdad, seguro que descubrirás qué es el corazón del karateka.

Todos estuvieron de acuerdo con Kameki y prometieron que me ayudarían a conseguirlo. No iba a ser nada fácil, pero tenía claro que iba a hacer todo lo que estuviera en mis patas para que el plan funcionase.

Capítulo 4

Inspira, espira

Las semanas previas al Día K (así lo llamábamos los del club) fueron muy intensas. Tenía tan poco tiempo que ni siquiera me quedaban ratos libres para que me entrara miedo. El plan

no podía salir mal. Por eso cada día
entrenaba y entrenaba. Y, cuando
llegaba a casa, estaba tan cansada que
se me cerraban los ojos del sueño
mientras me comía la cena. Una
noche casi me metí una cucharada
de sopa por el hocico…

PLAN DE ENTRENAMIENTO IMBATIBLE PARA EL DÍA K

	LUNES	MARTES	MIÉRC...
9h-15h	Cole	Cole	Col...
16h-17h	Deberes	Deberes	Debe...
17h-18h	Clase de katas en el dojo	Clase de katas en el dojo	Clase katas el d...
18h-20h	Entreno con Kamike	Entreno con Pandori	Entr... con

...ES	VIERNES	SÁBADO	DOMINGO
...e	Cole	Pasear en bici con mamá	Visitar a la abuela
...res	Deberes	Ordenar mi cuarto	Entreno en mi habitación
		Esconder bien el material de kárate	
... de ...s en ...ojo	Clase de katas en el dojo	Entreno en mi habitación	
...eno ...n ...iko	Entreno con Pukk	Excusa para mamá: ¡Tengo muchos deberes!	Excusa para mamá: ¡Estoy bailando!

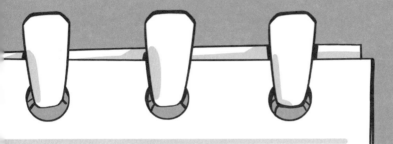

Aunque yo no era la única que estaba cansada. Los miembros del Kata Club se pasaron horas y horas entrenando conmigo. Todos me ofrecieron sus consejos y sus mejores trucos para que los katas que practicábamos con la maestra Kai me ayudaran a triunfar en el examen y en el torneo.

Kamike me enseñó la importancia de camuflarse bien con el entorno y ser muy silenciosa. Gracias a Pandori descubrí lo importante que era comer bien antes de hacer kárate para tener

mucha energía. Con Goru practicábamos técnicas de relajación, para estar más calmada y mucho más concentrada. También me enseñó a abrazar mejor, que no sé si me iba a servir de mucho en el tatami, pero era tan agradable… Ronroneo solo de pensarlo.

Flamiko me ayudó a mejorar mi equilibrio. Gracias a sus clases de los jueves, mi kata del pato mareado cada vez se parecía más al de la grulla. Y con Pukk aprendí a conocer mejor mis puntos fuertes. Por lo visto, lo de ser

pequeñita al final iba a ser
una ventaja para sacar mi
mejor versión karateka, porque
hacía que mis patadas fuesen más
rápidas y mis saltos más ligeros que
los de los karatekas grandotes.

Poco a poco, iba notando cómo iba
volviéndome más ágil. Me sentía más
preparada, pero también me daba
cuenta de que, por mucho que fuese
avanzando, siempre había cosas que
podía mejorar. Y no solo me pasaba a
mí: mis compañeros del Kata
Club también aprendían

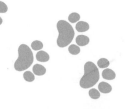

cosas nuevas cada día y nunca asumían que lo sabían todo.

Tenía que esforzarme mucho. Y aunque quería ganar al Komodo Club, aprendía tanto cuando perdía un combate contra uno de mis compis, que lo de ganar ya no era tan importante. Aunque no tenía claro que eso fuese bueno, a lo mejor significaba que no tenía el corazón del karateka… Fuera como fuese, estaba muy contenta. Y creo que la maestra Kai también lo estaba, porque nos felicitaba cada día por el buen trabajo en clase.

Por si los entrenamientos de kárate me parecían poco, también tuve que dedicarme a entrenar mi paciencia. Resulta que los miembros del Komodo Club se enteraron de que el Kata Club tenía un nuevo miembro. Así que un día se presentaron en nuestro dojo y esperaron a que acabara la clase de katas de la maestra Kai para darme la bienvenida. A su manera, claro. En cuanto pusimos un pie en la calle, ya estaban molestándome.

—Oh, así que la nueva incorporación del Kata Club es una gatita monísima, qué tierno… —dijo un perro muy feo.

—Sí, me preferían a mí antes que a un perro sarnoso —dije enfadada.

—Kat, las técnicas de relajación… —dijo Goru.

Sí, era un buen momento para ponerlas en práctica, antes de que me diera por arañar a alguien.

«No hay motivos para estar rabiosa: inspira, espira, inspira, espira…». Me repetía las palabras que me había

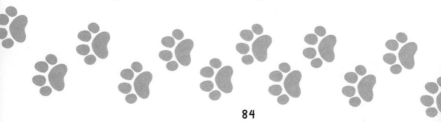

enseñado Goru para
calmarme.

—Ja, ja, ja, ja… ¿Lo dices por mí?
Gracias, pero yo no entraría en el Kata
Club por nada del mundo —dijo el
perro.

—Dan, ¿qué hacéis vosotros aquí?
—preguntó Pukk con más cara de
malas pulgas que de costumbre.

—Solo pasábamos a saludar y a
desearos suerte en el torneo. Creo que
con esta nueva karateka tan adorable
la vais a necesitar… Lupo, ¿es a ella a
quien le robaste el otro día la merienda?

—¡Sí! Esos nigiris estaban buenísimos. Una pena que no los pudieses probar...

Todos los miembros del Komodo Club se rieron con las burlas de Dan y Lupo. Yo estaba intentando relajarme, pero no sabía si iba a ser capaz de quedarme callada...

«No hay motivos para odiar al Komodo Club... Inspira, espira, inspira, espira...».

—¿Cómo puedes estar tan seguro de que sois mejores que ella, Dan? La última vez que pensasteis que yo no podía con vosotros, acabasteis con picaduras de pulga.

—Eso fue hace mucho tiempo, Pukk. Ahora el Komodo Club está más fuerte que nunca, y no dejaremos que nos gane una bola de pelo.

—¿Qué me has llamado? —dije yo.

—Kat, tranquila… —dijo Goru.

—Te he llamado bola de pelo. Tienes las orejas tan chiquitinas que no lo has oído, ¿verdad? —dijo Dan, haciendo que todo el Komodo Club se volviese a reír.

Bueno, ya tenía motivos para odiar un poco al Komodo Club. Pero esta vez no iba a ponerme a gritar, ni me iba a subir al primer árbol que viese. Esta vez lo a iba resolver como una karateka de verdad.

—Tranquilo, Dan. Lo he oído perfectamente. Y también me gustará oír cómo me pides perdón el día del torneo, cuando te gane en la categoría de katas —dije yo.

—¿Quieres competir contra mí? Ja, ja, ja, ja…

—¿De qué te ríes, Dan? ¿Es que estás nervioso? ¿Te da miedo atragantarte con la bola de pelo? —dije yo haciendo que todos mis compis del Kata Club se empezaran a partir de la risa.

—De acuerdo. Nos veremos en el tatami. Prepárate para morder el polvo —dijo Dan.

—¡Lo único que va a morder Kat son los snacks de bambú de la victoria! —gritó Pandori.

Los miembros del Komodo Club se fueron sorprendidos de que desafiase así a Dan. Si os soy sincera, yo también estaba algo sorprendida.

—Kat, ¿estás segura de lo que acabas de hacer? —preguntó Flamiko.

No, no estaba nada segura, pero no podía dejar que los miembros del Komodo Club me llamasen «bola de pelo» y se fuesen tan contentos.

—Ya no hay vuelta atrás —dijo Kameki.

—Exacto. He de ganar a Dan. Solo así podré demostrar que tengo el corazón del karateka —dije yo.

—Kat, que no ganes un combate no significa que no tengas el corazón del karateka —dijo Flamiko.

—Ah, ¿no?

—¿Todavía no sabes qué es el corazón del karateka? —preguntó Pukk, preocupado.

—¿Cómo voy a saberlo si ni siquiera sé si lo tengo?

Cada vez estaba más confundida. Los miembros del Kata Club se miraron y me sonrieron.

—Tranquila, Kat. Después de los entrenamientos de estos días, nos has dejado claro a todos que tienes el corazón del karateka —dijo Goru.

—¿En serio lo tengo? Pero ¿cómo lo sabéis? ¡Decidme qué es!

—Vamos, Kat, ¡no es tan difícil! —dijo Flamiko mientras me guiñaba un ojo.

—Eso lo dirás tú…

—Si todavía no lo sabes, tenemos que seguir entrenando —dijo Kameki.

—Kameki tiene razón, ¡sigamos! —dijo Pukk.

Nos pasamos toda la tarde en el parque, practicando los movimientos que nos había enseñado la maestra Kai esa misma tarde. Quedaba menos de una semana para el Día K, y necesitaba concentrarme para averiguar de una vez por todas qué era el corazón del karateka. Por suerte, mis amigos del Kata Club habían decidido ayudarme a descubrirlo y no iban a parar hasta que lo consiguiera.

Capítulo
5

El Día K

Ya era sábado. O mejor dicho, el día
que tenía señalado en el calendario de
mi cuarto desde hacía cuatro meses.
¡Por fin había llegado el momento de
convertirme en un miembro oficial

del Kata Club! ¿Qué? ¿Que si ya sabía qué era el corazón del karateka? Pues… No estaba segura, para qué engañaros. Pero si había un día para descubrirlo, ese era el Día K.

Por la mañana di un paseo en bici con mamá, como de costumbre, para

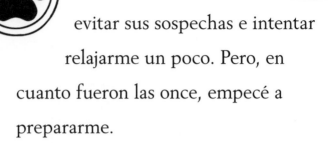 evitar sus sospechas e intentar relajarme un poco. Pero, en cuanto fueron las once, empecé a prepararme.

Me comí un bol de arroz con atún y bambú del que Pandori hubiese estado muy orgulloso. Escondí el mejor karategi que tenía en la mochila y me puse mi cascabel de la suerte, como me recomendó Kameki. Antes de salir de casa hice unas respiraciones y me despedí de mamá con un buen abrazo al estilo de Goru. Aunque a ella le dije

que había quedado para estudiar con unos amigos…

De camino al dojo repasé mentalmente todos los movimientos que me habían enseñado Flamiko y Pukk. Me sentía más que preparada para aprobar el examen y darle una lección a Dan.

El examen para conseguir el cinturón amarillo era a la una, pero yo llegué media hora antes al dojo para acabar de repasar mis movimientos. Allí me encontré a toda la pandilla reunida. Todos me desearon suerte. Kameki me dio su último consejo y, como siempre, dio en el clavo:

—Kat, olvídate de demostrarle nada a nadie. Simplemente, hazlo tan bien como tú sabes y disfrútalo.

Tenía razón. Después de todos los entrenamientos y de todo el esfuerzo que había hecho, era el momento de pasármelo bien. Así que, cuando llegó la maestra Kai con el resto del jurado para empezar el examen, miré a mis compañeros del Kata Club con una gran sonrisa, me incliné ante ellos y les dije:

—Gracias por confiar en mí.

Entonces, entré en el tatami, hice el saludo karateka para todo el jurado y, muy concentrada, empecé mi examen. Los maestros me iban pidiendo que les mostrara distintos movimientos de defensa y de ataque, y yo los hacía sin dudar. Me sentí muy segura y enseguida me olvidé de los nervios.

Cuando acabé la demostración, volví a saludar a todo el jurado como muestra de respeto y me reuní con mis compis, que estaban aplaudiéndome y dando saltos de alegría. Por supuesto, no faltó el abrazo de Goru, al que se unieron todos los miembros del club. Si hay algo mejor que un abrazo de Goru, **¡es un abrazo colectivo!**

Estuvimos esperando unos minutos mientras el jurado decidía si me merecía el cinturón amarillo. Pero a mí me parecieron horas... De repente, la maestra Kai caminó hasta el centro del tatami y me pidió que me acercara a ella. Tenía las manos en la espalda y estaba muy seria. Eso hizo que me imaginase lo peor.

«¿No me van a dar el cinturón amarillo? Ya está, no me lo van a dar...».

Mientras pensaba eso, la cara de la senséi cambió completamente para mostrarme su mejor sonrisa y

entregarme lo que escondía en la espalda: ¡el cinturón amarillo!

—¡Felicidades, Kat!

—¡¡¡Muchas gracias, maestra Kai!!!

—Sin duda, tienes el corazón del karateka —dijo la maestra Kai, convencida.

—¿Lo dice porque he ganado el cinturón amarillo?

—No, Kat. Por eso y muchas otras cosas que nos has demostrado estos días. Pero eso tú lo debes de saber mejor que yo.

Ya estábamos otra vez con las frases misteriosas. No había nadie que me fuera a decir claramente qué era el corazón del karateka, ¿verdad? Bueno, tarde o temprano lo descubriría, pero en ese momento no tenía tiempo para darle vueltas. ¡Ya casi eran las tres y teníamos que irnos pitando al combate! Mis amigos del Kata Club y yo nos despedimos de la maestra Kai y salimos corriendo hacia la próxima parada: el Komodo Club.

Llegamos al dojo lo más rápido que pudimos. En la entrada nos recibió el maestro Kun. Flamiko ya me había dicho alguna vez que daba un poco de miedo, pero se quedaba corta: daba mucho miedo. Parecía que fuese a tirarte al suelo tan solo con la mirada. Y, vete a saber, quizá podía hacerlo.

—Llegáis tarde —dijo el maestro Kun con su cara de desprecio.

El dojo del Komodo Club era muy distinto al del Kata Club. El espacio era muy oscuro, y que el tatami fuese de color negro tampoco ayudaba a hacerlo más acogedor. Aunque lo que

más miedo daba era ver a todos los miembros del Komodo Club, con sus karategis oscuros y sus caras de pocos amigos, justo enfrente de nosotros.

—Hola, gatita, por fin volvemos a vernos —dijo Dan.

—Hola, Dan —dije yo mirándolo fijamente.

No había manera de que ese perro feo me llamara por mi nombre. Pero, bueno, mejor «gatita» que «bola de pelo». Quizá si le ganaba conseguiría que me llamara Kat... ¿Creéis que podía ganarlo?

—¿Qué? ¿Empezamos o prefieres echarte atrás? —me desafió Dan.

—¿Echarme atrás? No. Una karateka de verdad cumple con su palabra.

—Pues, adelante.

La primera en entrar al tatami fui yo. Y entré superdecidida. Ganara o perdiera, sabía que iba a poner encima de ese tatami toda mi energía. Saludé al jurado y, como manda la tradición, grité el nombre del kata que había elegido:

—¡HEIAN SANDAN!

Hice todos los movimientos lo mejor que pude, ante la atenta mirada del jurado y las caras de sorpresa de los miembros del Komodo Club.

Si Dan se pensaba que tenía este torneo ganado desde el principio estaba muy equivocado. Mis golpes eran duros, mis patadas rápidas, mis kiais retumbaban en las paredes del dojo. Y al parecer me salió bastante bien, porque justo cuando acabé todo el público empezó a aplaudirme muchísimo.

Después, fue el turno de Dan, que también hizo el kata Heian Sandan. Sus golpes eran casi perfectos, sus patadas tan rápidas que ni se veían venir, su kiai era tan potente que

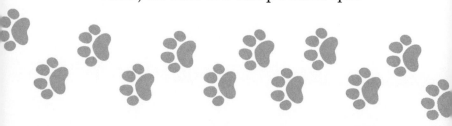

asustaba... Y aunque me moleste un poco, he de reconocer que no estuvo nada mal... Llevaba un poco más de tiempo haciendo kárate que yo, y eso se notó en sus movimientos y también en los aplausos y gritos del final.

Cuando acabó su kata, volví a subir al tatami y me coloqué a su lado. Los dos estábamos serios y muy concentrados. Entonces, vimos llegar al árbitro. Se colocó entre nosotros. Tenía que señalar al ganador. Si la tensión de ese momento se hubiese

podido comer, Pandori se hubiese
quedado lleno. Después de unos
segundos, el árbitro levantó el brazo
y señaló a… Dan. Sí, Dan me había
ganado.

Me había imaginado muchas veces cómo sería perder contra Dan, y siempre me parecía que iba a ser una pesadilla. Pero ¿sabes qué? Al final no fue para tanto. Había perdido, pero me sentía muy orgullosa de lo que había conseguido ese día. Además, viendo los movimientos de Dan había aprendido muchísimo. Y ahora solo tenía ganas de practicar todo lo que había visto. Aunque, antes de nada, tocaba el saludo final.

—Felicidades, Dan —dije mientras hacía mi reverencia.

—Felicidades a ti también, Kat. Y gracias —contestó él, que también estaba inclinado hacia mí.

Por primera vez, Dan me había llamado por mi nombre y estaba siendo amable conmigo. ¿Qué mosca le habría picado?

—Kat, he de confesarte que has hecho movimientos que no esperaba de un cinturón amarillo. Ganarte no ha sido tan fácil como pensaba —dijo Dan.

—Bueno, es que mis amigos del Kata Club me han enseñado muy bien...

De repente, Dan vio que el maestro Kun le estaba mirando fijamente.

—Ahora ya sabes cómo nos las gastamos en el Komodo Club. A ver si la próxima vez te preparas mejor, monada… —dijo Dan burlón.

Se había acabado la amabilidad. ¿Qué les pasaría a los del Komodo Club con el maestro Kun? Bueno, ya lo descubriría en otro momento, porque mis compis del Kata Club habían venido a consolarme.

—¿Cómo te encuentras? —preguntó Goru.

—¡Muy bien! Sé que todavía tengo mucho que aprender y tengo muchas ganas de seguir mejorando.

—Ahí lo tienes: el corazón del karateka —dijo Kameki.

—¿Seguir entrenando? ¿Eso era? —dije yo sorprendida.

—¡Claro! Ser humilde y tener el espíritu del eterno aprendiz. ¡Eso es! —dijo Pukk.

—¡Ah, claro! Entonces ¡tengo corazón del karateka para rato!

—¡No te flipes, Kat! —dijo Flamiko. Todos nos reímos.

Sí, tenía el corazón del karateka. Y gracias a ello, había entrado en el club de kárate de mis sueños.

Pero la historia no se acaba aquí.
Porque después del combate me fui
con todos mis compis a seguir
entrenando. ¿Adónde? Al dojo del
Kata Club, ¡claro! Un lugar en el que
no solo hacía kárate, sino que también
aprendía a respetar a los demás, a
sacar lo mejor de mí misma y donde
daba igual si perdía o ganaba, porque
nunca me faltaban las ganas de ser
cada vez mejor.

Glosario
con
Sandra Sánchez

¡Hola! Soy Sandra Sánchez.
Dicen que soy la mejor karateka del
mundo, aunque yo prefiero decir que intento ser
una mejor karateka cada día. Y, gracias a ello, he
podido conseguir cosas increíbles, como ganar el
oro en los últimos siete Campeonatos de Europa,
en los Juegos Olímpicos de Tokio 2020 y en el
Campeonato del Mundo. En 2021, ¡gané tres
seguidos! A veces me cuesta creerlo... ¿Qué?
¿Preparados para aprender un poco de kárate
conmigo? ¡Vamos allá!

El kárate es un arte marcial de origen incierto y que se desarrolló en Okinawa. Se tienen datos de su existencia sobre el año 3000 a. C., pero no fue hasta el s. XVI que se comenzó a conocer como tal. También se le llama karate-do, que en japonés significa el camino (*do*) de la mano vacía (*karate*), para explicar que más que un deporte, es una vía de conocimiento con la que aprendes a defenderte con golpes secos y sin armas. A las personas que lo practican se les llama karatekas. Y, aunque cada karateka es distinto, todos siguen los mismos valores: los del código bushido. El código bushido dice que hay que ser cortés, tener mucha disciplina, ser valiente y muy bueno, decir la verdad y no intentar engañar nunca a los demás, ser un buen amigo, ser generoso, tener paciencia, no perder nunca los nervios, confiar en ti mismo... Vaya, que hay que ser como la maestra Kai del Kata Club.

Si vosotros también queréis ser karatekas, como Kat o como yo, primero tenéis que aprender unas cuantas palabras...

DOJO: es el lugar donde se practica el kárate, vamos, el gimnasio de los karatekas. El Kata Club es un dojo y el Komodo Club, aunque nos guste menos, también.

TATAMI: es una especie de esterilla gigante sobre la que se practica el kárate. ¡Para pisarlo hay que quitarse los zapatos!

KATA: es una combinación de movimientos de defensa y ataque que hacemos contra un enemigo imaginario.

KARATEGI: es el uniforme de los karatekas. Siempre son blancos.

KI: es la energía vital que todos los seres vivos tenemos. Es justo de donde salen los kiais, los gritos que les dan fuerzas a los karatekas.

KIAI: es el grito que se hace durante el kata, para sacar toda la energía que llevas dentro y concentrarte bien.

OBI: los famosos cinturones. Cada color muestra el nivel de experiencia del karateka que lo lleva.

Este es el orden de los cinturones, aunque en algunas escuelas puede variar:

Blanco ⟿ Amarillo ⟿ Naranja ⟿
Verde ⟿ Azul ⟿ Marrón ⟿ Negro

Y eso es todo por ahora.
¡Espero veros pronto en el tatami!
¡Arigato!